爲官須知 外四種

（清）鄭端等撰

廣陵書社
中國·揚州

圖書在版編目（CIP）數據

爲官須知 : 外四種 / （清）鄭端等撰. -- 揚州 : 廣陵書社, 2014.4
ISBN 978-7-5554-0101-8

Ⅰ. ①為… Ⅱ. ①鄭… Ⅲ. ①政治－謀略－中國－古代 Ⅳ. ①D691

中國版本圖書館CIP數據核字（2014）第080175號

ISBN 978-7-5554-0101-8

爲官須知：外四種

撰　者　（清）鄭　端等
責任編輯　丁晨晨
出 版 人　曾學文
出版發行　廣陵書社
社　址　揚州市維揚路三四九號
郵　編　二二五〇〇九
電　話　（〇五一四）八五二二八〇八八　八五二二八〇八九
印　刷　揚州廣陵古籍刻印社
版　次　二〇一四年四月第一版第一次印刷
標準書號　ISBN 978-7-5554-0101-8
定　價　叁佰圓整（全二册）

http://www.yzglpub.com　E-mail:yzglss@163.com

出版說明

在中華民族悠悠五千年的歷史長河中，官吏制度以及由此而衍生出來的文化，一直發揮着舉足輕重的作用。中華民族的傳統文化以儒家道德觀念爲基礎，提倡『修身、齊家、治國、平天下』（《禮記·大學》）。《爲官須知（外四種）》即由爲官、治國、治學、修身、養性等内容爲主的五種勸誡類文獻彙編而成。

《爲官須知》爲清代學者鄭端撰，分『初任事宜』、『日行規則』、『四事箴』、『十害箴』、『戒石銘』、『事上接下』等六個部分，詳細介紹了爲官者步入官場所需注意之事，堪稱爲官者行爲之指南。《臣軌》爲唐代女皇武則天命文學之士著作郎元萬頃、左史劉禕之等人修撰而成，主要論述爲臣者正心、愛國、忠君之道，作爲臣僚的行爲準則與士人習業貢舉之讀本，以此維持其封建統治地位。《從政録》，明代理學家薛瑄著，主要着眼于待人接物、爲人處世之道，更注重對爲官者修身養性等方面的思考。《州縣提綱》爲宋代陳襄所著，是我國現存最早的一部州縣治政專著，《四庫全書提要》評價此書：『論州縣莅民之方，極爲詳備。雖古今事勢未必盡同，然于防奸釐弊之道，抉摘最明。』《官箴》，宋吕本中撰，雖篇幅不多，然言簡意賅，字字警策，故爲『有官者之龜鑒也』（王士禛《古夫于亭雜録》）。

這類勸誡類文獻直接反映了當時所推崇的道德規範與爲官之則，其中諸多名言警句，對今世之爲官，亦極具價值。如《官箴》首條即云：『當官之法，唯有三事：曰清、曰慎、曰勤。』梁啓超曾贊曰：『近世官箴，最膾炙人口者三字，曰清、慎、勤。』（《新民説·論公德》）此三字，雖千古而不可易。此外，本書認爲，古往今來之爲官者，首要皆在百姓。『先天下之憂而憂，後天下之樂而樂』之深明厚慈、『安得廣厦千萬間，大庇天下寒士俱歡顔』之博大胸襟，都體現出『心無百姓莫爲官』的道理。另外，風成于上，俗形于下。爲官者須加强自身的思想道德修養，要明辨是非，克己慎行，講操守，重品行。本書中所涉及到的一系列的行爲準則，較爲全面細緻地闡述了如何發揮『上行下效』的示範作用。當然，作爲歷史的産物，此五種文獻也有其時代局限性，我們應去蕪存菁，對書中一些消極落後的觀念，要有正確的理解和判斷。

我社此次選編出版綫裝本《爲官須知（外四種）》，以《百川學海》《學津討原》《粤雅堂叢書》諸本爲參考。爲方便讀者閲讀理解，對文中部分字詞作了簡注，并改正個別明顯的文字訛誤。若有不妥之處，還望讀者批評指正。

廣陵書社編輯部

二〇一四年四月

目録

上册

目錄

目録

目錄

下册

目錄

卷二

目錄

卷三

目録

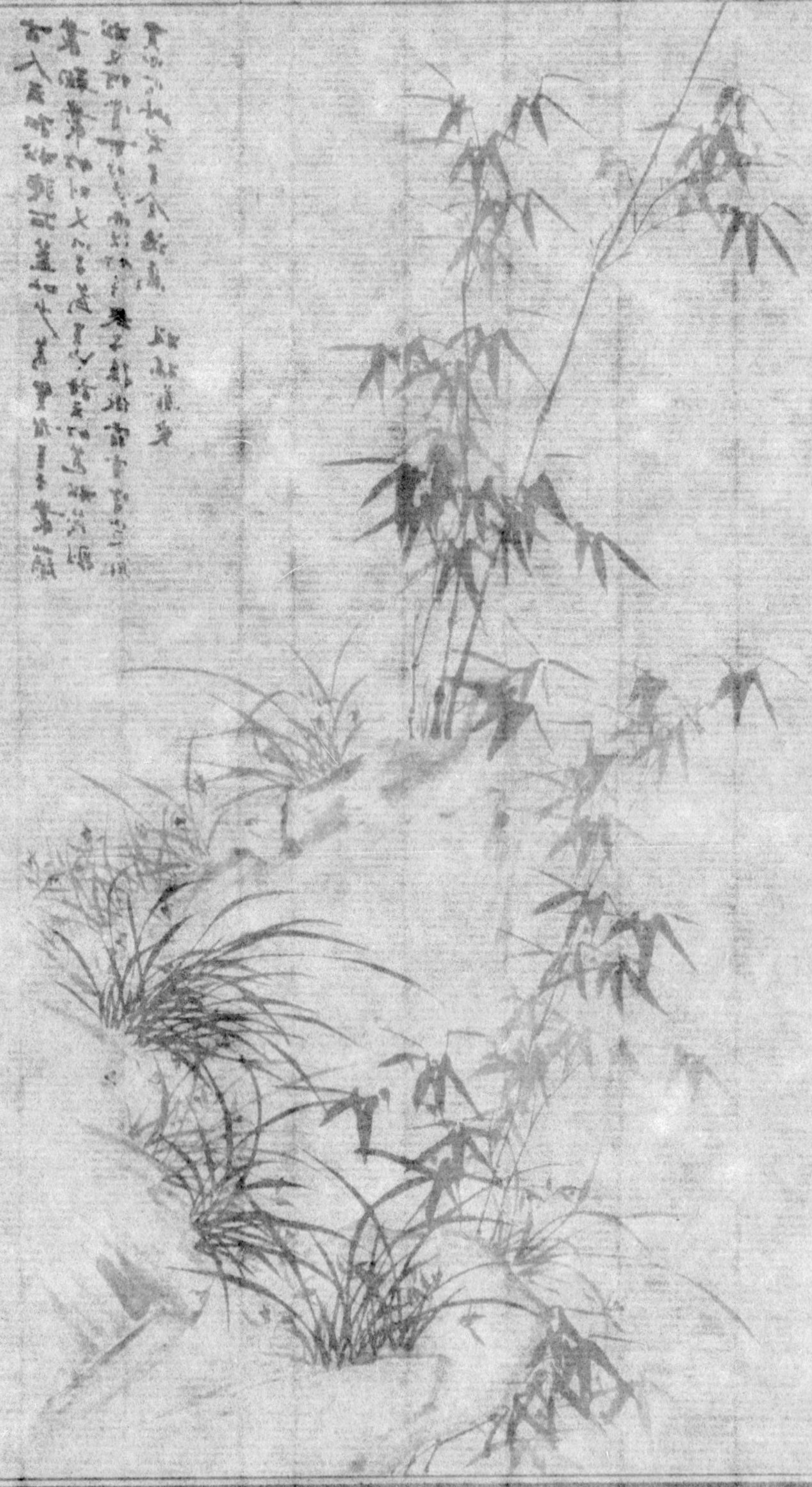

官箴（宋）呂本中

爲官須知

（清）鄭端

初任事宜

戒營求

臨選時垂涎膻地，營求打點，到任後爲債所逼，凡事掣肘，即時物議，遂至削籍者，可戒也。

謹貸負

選時有負貸難已者，借之戚里最妙，借之行户并治下〔一〕富商納粟〔二〕監生，萬萬不可。大都錢債一節，得已不借，不得已少借。若過多爲債所逼，欲濁不可，欲清不得，最苦莫大于此。

選注：

〔一〕治下：指管轄範圍。

〔二〕納粟：明清時期富家子弟捐獻財物便可直接參加省城、京都的考試，稱爲納粟。

問民情

選後遇前官或本處士夫及鄰封游宦者，須細問民情吏弊，一一記之，即我師也。

講律招

選後須討問刑條例及招議，請熟于律令招情者，將律意招體，一一進過，將來庶〔一〕不至差誤。

選注：

〔一〕庶：差不多之意，表示可能。

見上司

選後有上司在京，候見迎送，俱不可少，但送禮不必出格。

防嫌疑

選後有治下納粟在京，即有先容〔一〕，亦不可受饋赴席，恐即借此愚鄉人，肆行無忌。然中有豪俊，待之不可無禮。

選注：

〔一〕先容：此處指事先介紹、推薦。

處交際

選後治下士夫送下程，一概不受，此省事法也。然其中有誼不可却者，亦須擇米菜受一二件，幣禮則一絲不可受也。請酒赴席不可辭，亦不可多言自狎。

勿干求

出京時，或本處上司，有至親鄉里，切不可妄求先容。蓋發書者自以爲功，未必無責望之心，或不如意，又未免有後言。彼上司以我爲倚賴人也，必竊薄之矣。

待祖餞〔一〕

臨行親友有祖餞者，即事煩亦不可便生厭倦，使親友無色。如量不勝酒，須留後步。

選注：

〔一〕祖餞：指餞行。

止人役

衙門積役，希圖照顧，每求接新官。新官上任，便自稱長

行，嚇詐無所不至。科斂幫貼，猶其小者。此等人役，宜托便預票止之。惟路遠地方，無可寄票，則在人駕馭之耳。

慎關防

衙役接到家人，沿途不無往來，且衙役必密致殷勤，以爲之地。時常關防，毋使面熟，致此後關節相通。

覓内書

凡套啓套書，俱發禮房謄寫；若密稟密事，全在内書。新官赴任，有如僕從，善書通文義，又可托腹心者，此爲最上；若有不通文義而善書者次之，本家原無，須早覓之。此兩項人，以多帶入衙爲妙。若曾入衙門，或心術傾險，狀貌光棍，皆不可帶。内門轉桶處，須要兩屋封鎖。若一層，恐内書有鑰私

開，便可内外交通，亦可隔門説話。若不細心防閑，未有不滋弊者。

内衙中有托心算手更好。如無算手，算亦易學。可買算法一本，教家僕之稍明者，不過一月盡通矣。

造履歷

將到地方，須預造各士夫詳細履歷一册，以便查覽心記。上司同寅，亦照例細開。

答迎接

路上士夫僚屬，差人迎接，預查舊規，將回帖寫下，以便臨時回答。有迎接該下轎不該下轎者。入公館後，士紳相見，地方儀注，有不同者，俱開寫明白，預先斟酌，乃不失己失人。一

切祭門謝恩、上任升堂禮儀，亦令開寫明白。

住公館

本治境内，若無公館，即討民房，切不可住宦宅。恐主人有酌，飲之非禮，不飲非情。若民家治具即賞之，亦不必問其姓名，恐小人以此假詐也。

辭禮物

士夫相見，有在未到任之先者，有在既到任之後者，風俗不同，俱照開報禮數，斟酌相待，至送禮則一毫不可受。交禮貼時，即云心領，士夫行後，便概寫璧謝。切不可令禮房暫收，恐一時多家混錯，又恐禮房抵換。士夫難言，大不便。

謁聖廟

次日行香。諸生講書後，量獎紙筆，即語之以勤學勉勵。

拜士夫

行香回，退食畢，即回拜各士夫。與士夫相見，便問民疾苦，雖冷落士夫，亦須面拜訪問。

會賓客

賓館會客，值日皂隸[一]把門，不許一人潛入。其已藏在内者，俱遂[二]出。門子捧茶訖[三]，即行遠站。蓋衙門多人在側，鄉紳每不得進機密之言，談衙門鄉里中事。

選注：

〔一〕皂隸：古時衙門差役。

〔二〕遂：據文意，應爲『逐』字。

〔三〕說：完畢。

安貧苦

凡選瘠疲之苦地方，切要安心。人生食祿有方，固非圖度可得，且做事必精神結聚，纔乃有成。今若不蘧廬〔一〕針氈，不能久安之意，則訪問必不真懇，經理必不周密，意氣必不鼓舞。故選得此方，即矢志以室家視此方，漸漬〔二〕論治。極疲者可使改觀，極刁者可使若家人父子，方知此言之有味也。

選注：

〔一〕蘧（音渠）廬：指古代驛站中供人休息之所，猶今之旅館。《莊子·天運》：「仁義，先王之蘧廬也，止可以一宿，而不可久處。」

〔二〕漸漬：讀若尖恣，浸潤、沾染。《漢書·龔遂傳》：「今大王親近群小，漸漬邪惡所習，存亡之機，不可不慎也。」

圖地理

凡一邑地理，所當周知，到任之初，令四鄉里長將本管地面山川、寺觀、田土、溝渠、津塘、橋道、鋪舍、公所、壇社、大小村坊、市鎮，各畫一圖，務期詳細周遍。更令善畫者，以縣治為主，自近而遠，集為一總圖。如山川之險隘、湖蕩之縈紆、人烟之疏密、村鎮之大小、鋪舍橋梁之修廢、某處當防盜賊之出入、某處當防水潦之不時、某地為膏腴瘠薄、某方為避靜繁衝，按圖備覽，易如指掌。非惟可攝徵輸〔一〕、限期可定，而興利除害，亦將次第而行矣。

選注：

（二）徵輸：徵收賦税交入官府。

貴有恒

凡革弊安民，不數日而頌聲大作矣。然使後來漸不如初，謂之有頭無尾，又在有恒。

尚節儉

我輩矢志安民，既不科派里甲，又不苛罰重秤，則衙中費用，便難望之地方。初赴任者，第一要節儉，莫謂官爲錢樹，便可取給。

發行價

本衙自用者，先發銀與買辦快手，注銀數在簿上。簿上不用珠紅，祇用黑字。逐日所用，一切飲食衣服器皿之類，俱逐

日填在簿上，下注實價平買若干。仍出示曉諭各行，本官俱係預先現給絲銀，平價和買，不許買辦快手，指官强買。如違，許不時稟究，至于上司按臨，一切碎細之物，恐倉忙不能現買，用墨印紙條填注所買，不時稟點取用。每月逢五逢十，俟堂事畢銷算，當堂給價不可遲。

慎起居

往見各上司，或以公事出，不論途中城内，若有郵鋪、衙門、寺觀可住，不必民家，尤不可茶房、酒肆、部民各役之家。若士夫花園，亭榭多而花木盛，亦不可屏去左右，與主人深夜對酌。又無故不可微行，瓜李風波，恐從此起，慎之。

養性情

新官性情，要把持得定，但精神閑雅，器度豁然，心小而虛，言簡而當，即事體未必盡通，才識未必盡到，人亦自然相諒。反是，雖小有才，人且求多，小有才之人，爲才所使，粗浮之人，爲氣所使，自家拿捉自家不住，狂暴躁急，僨事〔一〕害民者，皆由于此。

選注：

〔一〕僨（音憤）事：指敗事。《禮記·大學》：『一人貪戾，一國作亂，其機如此，此謂一言僨事，一人定國。』

示信行

見各上司後，且遲遲放告，先將衙門應行事體，再三斟酌，言必求其可踐，事必求其可行。如責六房完前件，及差人勾攝，限期寧寬。違限者打數寧少，毫不失信，則令不褻〔一〕而法自行。

選注：

〔一〕不褻：此處指法令須布得當。褻，不莊重。

謹衙門

新官凡事當謹之于始。能先謹衙門，有令無赦，吏書以下，無一人不懔懔〔一〕，無一人不守法。又不過責鄉民，則小民傳誦，俱知防閑、體恤至意，自不爲衙門人騙害。若初至時，少假衙門人詞色，若輩便彈冠相慶，誆索鄉民。此風一傳，即後來注意收拾，亦費許多心力。

選注：

〔一〕懍懍：懼怕的樣子。

擇各役

買辦差遣，必擇平時老練及有身家者爲之，使徒諉之少年能事者，恐其以無行敗事也。

答應上司，須擇厚重有才者。不厚重，則上司有問，必信口胡應；無才則手足無措，皆爲不可。

衙門人見利不顧死生，一得寵則不計利害。正官待士夫有禮，待衙門極嚴，若輩稍斂，不嚴即進一步，然亦不敢與士夫抗。若官有心裁抑士夫，又假若輩詞色，便到處騙人，其門如市，借勢横行，四民畏之如虎，親戚亦氣焰逼人。凡有身家之念者，俱禮之爲上賓，大家宦族，俱畏之如蛇蝎，而若輩洋洋自得，目中且不知有天日，又焉知有法紀？士民切齒，人言鼎沸，

不可不切戒也。

通鄉音

各處鄉音不同，初到未必通曉。如遇閩地，但令各寫情節，參之詞狀，又令從容言之。不能説官話，不訪當堂寫答問語，或亦不甚相遠。切不可令門子等解説，一恐其因而説謊，一恐觀者不察，以州縣之權，盡在若輩也。然我輩吩咐下人，亦須從容明白，使聽者易解。

訪事實

凡欲喚某人訪某事，宜先將不要緊事，喚不要緊之人進來，密吩咐之，使人聞之以爲此不要緊者也。而如此常常做

去，要緊事却吩咐之矣。仍示以泄漏打詐，斷斷加等重究。總之以不動聲色，不容詐騙爲妙。

凡輿卒之言，道路之口，有入耳者，切勿遽行。蓋一禀即行，則知言自何人，聞自何處，以後欲進言者，未免避怨相戒，不敢輕禀。而禀者或自伐其有進言之能，又招權索賄，皆不便也。但聽而存之于心，俟久久覆查，經月後發，則人不知其所自。

記手摺

凡有欲行欲問事，即記之袖中手摺，俟明日查行，所謂廣記不如淡墨也。

置行笥[一]

大拜厢一個，每行即置各册在内，隨身帶行，遇迎送出門上船，有空閑時，即可取查。有急緊文卷，宜看宜做者，亦可帶行。務要筆墨紙硯具全，無虚暇刻。

選注：

〔一〕行笥：出行時所帶的箱子，可放置物品。

備火食

凡出外火食擔，預備隨行。此雖瑣事，然迎送謁見事煩，有終日不得食者，宜粗備餅粥，或藥餌補中湯之類，庶不至積勞成疾。

日行規則

置底簿

上司來文號簿各一扇，詞狀號簿各一扇，各上司比較前件簿一扇，各房吏書年貌、籍貫、脚色册一扇，門子、民壯、皂隸、陰陽生各役一扇。緊要在上司比較前件簿之外，又置上司前件底本簿。往時亦有置上司前件底本簿者，然多祇寫奉行原文一兩行，次行即横排寫『前件』二字，又次行即寫第二件奉行事，又次行即寫『前件』二字。如此密排横寫，一片模糊，雖有前件之名，難查完否之實。及至用印時，不過又呈一册。總計某日用印共幾百幾十幾顆，謂之印單。籠統計數，亦不知印在何票何事上去也。官府雖欲精明，其道無由。是以間有行過一次，而以後再無從查核，停閣經年幾年者，甚矣，書手之傀儡官長也。今後置前件底本簿，要一板祇寫一事，多留空白。如云一件爲某事，某年月日，奉某衙門憲票或告詞，次開憲票所催之事，或狀詞所告之人，一一摘要開列明白，然後才寫『前件』二字。其間空白多行處，但凡票行到日，或票差催提時，即隨標日月于此。第二次再催，亦即在此標過日月後第二行再標記之。雖十次亦復如是。每一事止此一板，更不另載别處，亦不必别用印單。催完詳允者，硃紅勾之，大寫一『完』字，未完者照此簿比較房科差人。如此則頭緒不紛，醒目易查。且每一事祇一板，則催提次序之多寡，一總盡在上面。凡所提人犯，有係書手欲沉閣者，瞭然不能沉閣，又不能抽扯狀紙，最簡最妙法也。至若到任以前未完，係舊前件，到任以後未完，係新前件，一一承行房科，又要另立册籍，勿混爲妙。再照吏

書皂快各役姓名册，往時俱係接連編寫，無空行可書前件，以故勤怠難考，作弊停閣。今宜除點卯册外，另立各役册，每人各一頁，其拘喚承行事件即注在本人空行處，則奸頑可一查而知，差遣亦公平矣。

查房科（二）

衙門自吏書而下，無一事不欲得錢，無一人不欲作弊者。老成者見得事體明白，禁之使不得行，便是革弊。若各項事體，通不明白，空空衹言革弊，恐徒爲吏書笑耳。要緊在識房科事體。房體有極瑣者，一毫不知，便爲所賣，待其犯而治之，亦已晚矣。不若將各房事體，或刻作條約，或刻作告示，令人人知所遵守，甚便。即此便是堂規。

革各房停閣之弊。吏書將上司前件不完，非止習懶，留此未完一次行提，便有一番打點。今後上司公文，承發房已登號簿，注定承行，每三日僉押（三）畢，六房吏書，即至後堂查對號簿，酌量事體難易，限定日期申繳注銷。每三日晚堂畢，喚吏書上堂，將號簿查比，過期不完者責，則事可計日而完也。若在赦前，便不時申繳，一事完即查號簿，在原號上帖一浮簽，注『申繳』二字，同僉押用印公文投入，以便注銷，違誤一日打若干。

革各房盜用印信之弊。盜印之法不同：有乘混盜用去者；有乘混盜用，官府忽覺，即藏在各處者；有假稱結狀未填，以白紙用印，而後改寫所欲行事者；有故將不要緊文書用

責鄉人。如以私事爭，但平等問理。有借衙門之勢以凌人者，

革各房武斷鄉曲之弊。吏書若以公事被鄉人毆辱，則重事，失誤接送，關係亦不小也。

革各房朦朧誤事之弊。各處鄉音不同，或有緊要事，吩咐吏書，須令回答，一一如我言，然後遣去。每每吏書聽見上官吩咐，應答如響。及復問之，則懵然不知，草草遣去，或違誤公事，失誤接送，關係亦不小也。

不偏在一人，有犯責治，小民則聞知此風，斷不肯從之求也。

聽。誠平時待吏書衙役極嚴，堂上無一人稟事，差遣跟隨，意

過送，誆騙鄉人，非平時得上官親信，彼自不敢，鄉人亦不之

革各房指稱誆騙之弊。凡各房吏書，或指稱囑托，或指稱

問行止，宜自裁決。

為官須知

三

稟，但一二得志，彼之詐行矣。欲革此弊，凡吏書祇許傳事，其

來稟，略有問可入，便漸漸以有理事來稟，又漸漸以無理事來

便不敢犯；漸漸熟悉，便狎昵矣。能事者先以一二不緊要事

革吏書嘗試之弊。吏書嘗官，其術極巧，彼見上官德厚，

差人役，則作弊者自少。

後即注定起數，用片紙寫在牌上，號簿一清，凡有未完，具責原

即時數過，登記號簿，一有遺失，便責經管者。應問詞狀，投文

革各房抽扯詞狀、挪移起數、沉匿牌票之弊。凡收詞狀，

具印者。若知命押良法，則此弊易革矣。

套一層白紙，應印處以水氣潤透，將硃(三)印色印過，并下層

印。其用印處，挖作一孔，而印却在下層者；有一層應印文書，

責無赦。然刁悍地方，亦不可太有成心，以傷衙門之體。

革各房冒破〔四〕紙張之弊。紙張在南方不難，北方額派，銀兩既少，紙價又貴，一年用紙又多，決不可聽書手冒破。須令各房各置一簿，每上司公文一件，每招詳一起，用紙若干，俱係承行吏照數發之。每十日官府一驗支發數目，朱書一『支』字。若有錯落改換，係書手賠補。柬帖副啓注册，悉皆如是，不許亂費暴殄。

選注：

〔一〕房科：古時官衙裏的下級辦事人員。

〔二〕僉押：在文書上簽字畫押以示負責。僉，古同『簽』。

〔三〕醲釅（音農燕）：指色彩濃。

〔四〕冒破：虚報、冒領。

謹僉押

凡次日應申文書，應行牌票，與夫一切應僉、應押、應標判用印者，具要頭一日申時，候晚堂事畢傳進。蓋吏書作弊，有不宜行而行者，多乘官府不查，又詭禀官府。舊規早堂僉押，事平出堂，相沿遂爲常規。不知早晨出堂，能有幾時，可以詳細查問？臨時人衆事冗，逐一細問，殊非事體。各房科用印後，每將各項文票，大家翻拆，或搊〔一〕手中，或入封筒，奔走擠擁，更不便于觀瞻。若新官顧惜體面，怯口羞問，止聽書手點標，其中弊病多矣。若新官瑣碎，能一一問之，爲時已久，伺候者多，又嗔新官出堂太晏〔二〕，無不竊笑才短。此無他，祇未

先期料理僉押故也。今後先期所送僉押，每房各用護書別之，每一票于日下寫承行書手姓名，每一文票用一小帖，將應行之故，寫帖在本文本票上。新官在衙中，將原故看過，即出坐後堂，傳各承行吏書立案前，應小僉者即小僉，應大小押者大小押，應標者標，應印者用印。其理有可疑者，照承行姓名摘問；凡理不應行有弊者，即量責無赦。講得是者，隨標隨印，然後各入封筒護書。如次，則次日絶早，再一檢點，即可坐大堂，文書既無隱弊，官府又朝氣清明，而伺候拜謁者，又服其敏速。此新官第一宜知者。

按僉押用印，其弊不止一端。在新任時，尤宜謹慎。或者吏書侵用銀兩，假作前官支用，補卷補領者；有事情難處，前官不敢主經，因得錢乘機申繳者；有以不緊要事體，妄出牌票打網者；有以契書或各項執照文書，盜用印信者；有關係滯礙，文書通不送稿稟改，徑自寫完，乘事冗插入用印者；有該申請上司裁奪，係應照詳文書，却改作照驗混繳者；有書手因用印忙迫，丟下上司官銜不寫，或字句錯落未正，或洗補字紙未乾，留下空塊未填者；或有將撫院文書，放在按院筒內，各衙門文書，放在撫院筒內者（三）；或申文上司，未粘原行牌票，及朱語與號簿不同者；甚至吏書愚弄官府，將自理紙牘册票，入上司封筒者。諸如此類，非弊即錯也。新官但遇此類，即查問責治。又須要先設長條棹一張，令承行者仔細查對，務令纖毫不錯，方許入筒封口。

先盡上司中呈，次及本衙門牌票。一有發行，即時立案，毋得後時才補，虛據月日，非惟誤事，且以長奸。其僉押時，須將原來文發查對，應否施行，及應僉押者，仍令高唱僉押。明說此起文書為某事，該如何區處，略節情由，并指出緊關詞語，以便簡閱。一應來文，須親手開拆，先看封筒上開件數，及封內文移年月未諳。應留看者留看，應發房者發房。遇有機密重情，即袖進衙，待許定而後發行，慎毋輕泄，以致敗事。其發行文書，當令吏人對面點封，以防夾帶洗改情弊。嘗聞奸吏有將本不差字樣，故為洗改，朦惑上人。如來文原是「甲」字，改作「乙」字，乃又改乙為甲。雖明辨者，却于「甲」字生疑，而不知來文是甲，固已中其奸矣。如緊關文書，不宜人遞，或密差人，或賄賫[四]投遞，以防停閣開拆之患，不可不察。

選注：

[一]搦（音諾）：拿，握。

[二]晏：晚之意。

[三]「或有」句：兼院、按院皆為明制，清沿襲。兼院，因巡撫例兼都察院右副都御史或右僉都御史銜，故稱。按院，指巡按御史。

[四]賫：把東西送給別人。

理堂事

每日絕早出後堂，即小開門，上宿者放出，衙門人放進。僉押畢即升大堂，回風[一]畢即放領文牌，發鋪遞公文，將標準印票，令原告原差唱名給領訖。放投文牌，先收各處公文，然後呼昨夜巡風不到及犯夜者，當時責發，隨喚上司批行投到訴狀人犯，應保者當堂即時發保注簿；又喚差人原告，改限改差，及拿到人犯發落；又喚上批自理聽審訴告人犯，俱伺候側邊，且勿跪。此日如過客少，除聽審者發出聽審外，餘訴告之人，不妨逐名細審。一人持狀跪下，直堂吏接上，聽審完，或准或否，又令一人跪下，執狀聽審。後仿此。如係多紳衝地，又遇事冗客多，即總收記數入匣，暫發諸人出去，吩咐聽審者候午堂審投告，應准者候次日領票。吩咐訖，即至賓館。賓館之客，不論寒暑，切須耐煩，勿生厭弃。客會完訖，然後上堂。上堂要極嚴肅，一切吏書應禀事宜，須在後堂内預先禀明，一坐大堂，雖係公事，亦不許吏書禀事。須是無一人亂上堂，無一人亂進門，無一人亂穿道。班役鵠立〔二〕，以俟人犯魚貫而行，方于體統觀瞻，肅然難犯。若有閑人闖進，則門者縱之入也。重責門役，其弊自革。

按閑人混進，多係門者縱之，官府不知竅係〔三〕，待其擁集，始拿閑人，光棍必藏房裏，拉出必屬無干〔四〕。此等公堂，有同兒戲，非官府明白，間或親搜房科，其弊不止。在衙内時，偶出一搜尤妙。

凡在内班者，每人給一小牌，牌上寫内班用花押，出班繳人，上班者領去。無此牌者，非呼喚不入二門，違者照閑人并責。

投文後，便預定先後次序，將聽審人犯挂審。日雖短，力雖勞，亦必將投到者即速審完，毋使在城耽閣使費，且圖鑽刺〔五〕。事有頭緒，聽斷自有餘閑，況自理詞狀，若不苛求問罪，可一刻而發十數起。事畢，標封回銜，做大招審語，又看明日僉押用印，此一日之規則也。

選注：

〔一〕回風：古時官員坐堂之前，吏役向其報告一切準備妥當。此類報告即稱爲『回風』。

〔二〕鵠立：如鵠般引頸而立，形容直立。

〔三〕窾（音款）係：此處指藏身之地。

〔四〕無干：無關。此處指非相關人員。

〔五〕鑽刺：謂謀求、鑽營。

居官立政

服官

持身欲清，事體欲練，處世欲平。必平時躬率妻孥〔一〕，崇尚儉樸，則資于官者少。凡事關吏治民生，一一留心，則得之聞見者素。又隨事反觀，變化氣質，然後能清、能練、能平。

選注：

〔一〕妻孥：妻子和兒女。《詩經·小雅·常棣》：『宜爾室家，樂爾妻孥。』

守謙

傲爲凶德，人不可有。今人有自持才能而慢上官，自矜清廉而傲同列，自恃甲科而輕士夫。有一于此，皆足以喪名敗德。

故居官者，必虛以受人，示其能聽；卑以下人，示其能容；履滿盈則思抑損，聞譽言則思謙降；無驕心，無傲色，無矜辭；民安而視之若傷，政成而視之若瘧，頌作而視之若謗；終日兢兢，不萌怠荒，庶可以從政矣。

果斷

需者，事之賊也。故執狐疑之心者，來讒賊之口；持不斷之意者，啓猶豫之門。況居官守，百責所萃〔一〕，自非果決，惡能有成？非惟墮誤事機，抑且致生奸巧。或聽吏書之曲稟，或入門隸之冷言，荏苒〔二〕拘攣〔三〕，竟成闒茸〔四〕。上官惡其廢事，小民病其牽延，妨政損名，率由于此。故事在詳審，斷在必行。其有擬議未決者，不宜先露其端，以爲吏卒要索之地可也。

選注：

〔一〕萃：聚集。

〔二〕荏苒：漸進。

〔三〕拘攣：固執。

〔四〕闒（音沓）茸：懦弱，遇事不振作。

崇默

言者，吉凶榮辱之樞機也。爲官者常默最妙，使下人不能窺測，是非曲直，止以數言剖之。故萬言萬中，不如一默，方喜方怒，尤宜訒〔一〕言。蓋輕諾招尤，漏言僨事，一詞輕發，駟馬難追。故寡言者，存心、養氣、修德、蓄威之助也。三緘之喻，君子慎之。

選注：

〔一〕訒（音刃）：不輕易說話。

立信

信者，居官立事之本，與民信則不疑而事可集矣。期會必如其約，無因冗暫違；告諭必如其言，無因事暫改。行之始必要之終，責諸人必先責己，待士夫尤宜以信處之。雖以事相托，勢不可行，必巽言〔一〕開譬，明示其所以不可行之由。毋面諾而背違，毋陰非而陽是。處同僚亦然，有言必踐，久久自然孚洽。苟一時欺誑，則終身見疑矣。

選注：

〔一〕巽（音馴）言：指謙遜委婉的言詞。

遠嫌

嫌疑之事，易生譏謗，當防于未然。雜流之人不可交，嫌疑之地不可往，非禮之饋不可受。內言不可出，外言不可入。富户俳優〔一〕不宜私見，門隸下人不宜私語。蓋一涉嫌疑，則奸詭者得以指名誣索，仇嫉者得以造言嫁禍矣。慎之！

選注：

〔一〕俳優：以樂舞諧戲爲業的藝人。

謹始

事必謀始。莅事之初，士民觀聽所繫，廉污賢否所基。作事務須詳審，未可輕立新法，恐不宜人情，後難更改。持身務須點檢清白，切不可輕與人交，恐一有濡染，動遭鉗制。不但

賄賂可以污人而已。如好技藝，則星算醫卜者投之；如好奇玩，則古書奇畫者入之；如好花卉，則或以奇花异草中之。嗜好一偏，便投機阱。雖詩文之交，亦有移情敗事者，不可不謹。至于到任之始，有送吏書門皂者，尤宜謝絶。

居敬

昔賢云：持己得一『敬』字。敬者，修身立政之本也。衣冠必正，言動必端。凡一毫謔浪之語，絶口不談；一毫輕褻之事，絶戒不爲；非禮嫌疑之地，絶足不至。雖對門吏，亦如嚴賓。則心志自定，瞻望自尊，可以遠慢辱，可以杜謗議，所謂不怒而民威矣。

克偏

偏最害事。人之材質不同，而溺于意向所便。己不自覺，人亦將以偏處乘之，投吾所喜，激吾所怒，敗官敗事，恒必由之。如馳緩必克之以敏，多言須克之以默，浮躁須克之以莊，煩苛須克之以大體。隨吾氣質所偏，意向所溺，即爲病痛，有覺便當力治，亦古人弦韋[一]之義也。

選注：

[一]弦韋：弦，柔絲；韋，有韌性的皮革。語出《韓非子·觀行》：『西門豹之性急，故佩韋以自緩；董安于之心緩，故佩弦以自急。』古人將柔絲與韌革佩于身上，以示剛柔相濟。

懲忿

七情所偏，惟怒爲甚。怒如救焚，制之在忍。苟不能忍，

非徒害人忤物，抑且僨事傷生。故居官者，逞怒于刑，則酷而冤；發怒于事，則舛而亂；遷怒于人，則怨而叛矣。務須涵養其氣質，廣大其心胸。非禮之觸，必思明哲所容；無故之加，必慮禍機所伏。先事常思情恕理遣，怒已則如風恬浪靜。非惟善政，亦可養生。

戒獨任

偏聽生奸，獨任成亂，此常理也。吏書巧猾，先意窺伺，苟樂其便于使令，少加辭色，則爲下民耳目所繫，狐假鼠偷，奸欺萬狀矣。故必六房吏典，直日輪流；門隸細人，隨便差遣；小事呼喚，不必專名；公務往來，動宜稽察；當堂問斷，勿許假公咨稟；私衙封閉，勿令無故擅入；到家迎接者，尤宜遠嫌；出路跟隨者，務嚴約束。如此，則止聽不偏，而愚民無惑矣。

去先意

凡居官雖欲興利除害，與民造福，俱要渾厚深沉，隨機順應，無爲眩露，使人窺測。如知我欲抑豪强，則牽涉土豪名色；知我欲清賦額，則巧誣詭寄田糧。變換情詞，投吾意向，啓釁實多矣。如欲作一事，申呈上官，先府後司，不可攙越。其呈稟之詞，亦宜謙慎詳確，功歸于上，使其孚信不猜，則事行無阻矣。雖旁縣同僚，亦不可眩暴己長，致生嫌妒。事成之後，視爲分所當然，韜晦不矜可也。

四事箴

律己以廉

真德秀（宋時人，字景元，號西山）云：萬分廉潔，止是小善；一點貪污，使爲大惡。不廉之吏，如蒙不潔；雖有他美，莫能自贖。故以此爲四字之首。

王邁（字實之，號臞軒）云：惟士之廉，猶女之潔。苟一毫之點污，爲終身之玷缺。毋謂暗室，昭昭四知。汝不自愛，心之神明其可欺？黄金五六駝，胡椒八百斛，生不足以爲榮，千載之後有餘戮。彼美君子，一鶴一琴，望之凛然，清風古今。

撫民以仁

爲政者，當體天地生萬物之心，與父母保赤子之心。有一毫之慘刻，非仁者；有一毫之忿疾，亦非仁也。

古者于民飢溺，猶己飢溺，心誠求之，若保赤子。於戲，

入室笑語，飲醲嗛肥，出則敲撲，曾痛癢之不知，人心不仁，一至于斯。淑問之澤，百世猶祀；酷吏之後，今其餘幾？誰甘小人，而不爲君子？

存心以公

傳曰：『公生明。』私意一萌，則是非易位，欲事之當理，不可得也。

厚姻婭，近小人，伊氏[一]所以不平于秉鈞[二]；開誠心，布公道，武侯[三]所以獨優于王佐。故曰：本心日月，利欲蝕之；大道康莊，偏見窒之。聽信偏則枉直而惠奸，喜怒偏則賞僭而刑濫，惟公生明，偏則生闇[四]。

選注：

〔一〕伊氏：指商朝的開國賢臣伊尹，曾居于伊川（今屬河南），遂以『伊』爲姓。

〔二〕秉鈞：喻執政。

〔三〕武侯：指諸葛亮。其生前曾被封爲『武鄉侯』，死後又被劉禪追謚爲『忠武侯』，因此歷史上尊稱其爲『武侯』。

〔四〕闇：此處爲蒙蔽、遮蓋之意，與『明』相對。

莅事以勤

當官者一日不勤，下必有受其弊者。古之聖賢，猶且日昃不食，坐以待旦，况其餘乎？今之世有勤于吏事者，反以鄙俗目之，而詩酒游宴，則謂之風流閑雅。此政之所以疵，民之所以受害也。

爾服之華，爾饌之豐，凡縷絲與顆粟，皆民力乎爾供。居焉而曠厥官，食焉而怠其事，稍有人心，胡不自愧？昔者君子，靡素其餐；炎汗浹背，日不辭難；警枕計功，夜不遑安。誰爲我師，一范一韓。

十害箴

斷獄不公

真德秀云：獄者，民之大命，豈可小有私曲？

劉宣（字伯宣，官中丞）云：刑獄之事，曖昧未明，情態千變。苟不以至公無私之心，詳察其間，差之毫厘，人命死生繫焉。公心議獄，向有不周，如或畏權勢而變亂是非，循親故而交通賄賂，好惡喜怒，私意一萌，斷無平允。明有官刑，陰遭譴責，可不慎歟？

聽訟不審

訟有實有虛，聽之不審，則實者反虛，虛者反實矣。孔子曰：「聽訟，吾猶人也。必也使無訟乎！」江南耳筆〔一〕之俗，最為不法。有一等豪猾破戶，羅吏鄉老，把柄官府，鄉曲少有忤己者，使人飾詞陳訴。及兩訟在庭，辯口利舌，其被誣者，往往愚懦，訥不能言，或引人強證，是非顛倒，不可不詳。切須受狀之時，再三引審，先責誣告反坐之狀，然後施行。其間或有懦善之民，含冤赴訴，畏怕官司，不能盡情者，宜溫言詢問，庶得真情。若事不干己而訴者，屏絕不受，如此自然訟簡。

選注：

〔一〕耳筆：指訴訟。

淹禁囚繫

一夫在囚，舉室廢業，囹圄之苦，度日如歲，可久淹乎？且囚諺云：「畫地為牢，誓不可入。」牢中苦楚，與鬼為鄰。初到官，晝時公廳併問所犯大情，擬輕重收繫，干連無事者責保，隨衙供定招款，引審無差，輕者量情處斷，重者結案待報，無得專委吏曹推鞫〔一〕，變亂是非，蔓引平民，為巧取之地。又囚人在禁，寒暑切身，飲食不時，人氣充牣〔二〕，多生疾疫。醫藥飲食，常加省視，死于非命，咎將誰歸？公吏承人，不稟官長，擅監繫者，尤當禁絕，仍加懲戒。

選注：

〔一〕推鞫：審問。

〔二〕牣：滿之意。

慘酷用刑

刑者不獲已而用。人之體膚，即己之體膚也，何忍以慘酷加之乎？今爲吏者，好以喜怒用刑，甚者或以關節用刑，殊不思刑者國之典，所以代天糾罪，豈官吏逞忿行私者乎？《書》曰：『欽哉，欽哉，惟刑之恤哉。』蓋刑者，國之典憲，安容自己酷虐，殘人肢體，損人肌膚，以爲能吏。若縱吏推勘，法外綳吊，大棒拷訊，如此違犯，明有常刑。

泛濫追呼

一夫被追，舉家遑擾。有持引之需，有出官之費，貧者不

免舉債，甚者至于破家，其可濫乎？訟者元競本一二人，初又詞類攀競人兄弟父子親鄰，動輒數十，甚至與夫相毆而攀其妻，與父相爭而引其女，意在牽聯，凌辱婦女。若官不詳究，點緊關人三二名，而追問一付吏手，視爲奇貨，必據狀悉追，無一人得免。走卒之執判在手，引帶惡少，嚇取無已，未至官府，其家已破。故必量之緩急，如殺人劫盜，必須差人掩捕，餘如婚田、鬥毆、錢穀、交關之訟，止令告人自賫判狀信牌，責付鄉都保正勾解，庶免民害。

招引告訐

告訐乃敗俗亂化之源，一有所犯，自當痛懲，何可勾引？

今官司有受人實封狀，與出榜召人告首陰私罪犯，皆係非法。

珥筆健訟之徒，官司當取具籍姓名，如遇訴訟到官，少有無理，比之常人，痛加懲治。若有卑幼訴尊長，奴婢告主人，自非謀反大逆之事，不得受理，宜加懲戒，此厚風俗之一端也。

賦役不均

科罰取財，今無此事，代以賦役不均。

甚矣，賦役不均之弊，深爲害民之事。竊謂租税科敷，奸狡税家，將己産税苗，折作詭名挾户，豈止十百？如遇科役，倒在小户，潛匿苟免。又豪户買田，不行過割，祇令業主代輸苗税，交結縣道，知而不問，靠損淳良。役謂差設鄉都保正等役，縣道多憑猾吏鄉司，接受貨賄，放富差貧，定一賣百，弊倖無窮。充役者以被縣吏生事追呼，愚善之人，畏避不敢出官，陰

納貨財，百色追求，數月破産。爲人上者，奈何不矜？

重疊催科

税收于田，一歲一收，可使一歲至再税乎？有税而不輸，民户之罪也；輸已，而復責之輸，是誰之罪乎？今之州縣，蓋有已納而鈔不給，或鈔雖給而籍不銷，再追至官，呈鈔乃免，不勝其擾矣。甚至有鈔不理，重納而後已。破家蕩産，鬻妻賣子，往往由之，切宜深戒！

吕舍人云：當官處事，常思有以及人。如科率〔一〕之際，既不能免，便就其間，求所以便民省力，不使重爲民害。真格言也！合將本縣税户等第置簿，開寫某鄉都保花名，租税數目，于縣廳置匱〔二〕收藏。另置各鄉都銷簿，將納户官鈔，每日硃

銷。縣官點檢不銷簿書，不給户鈔。重并追催者，懲戒吏人坐廳追問。欠多頑户，對衆科決，餘户自畏，依限可辦。何必官吏引帶人衆下鄉，恣其需索？比之官租，費用數倍。此今日之通病。一犯到官，決無輕恕。

選注：

〔一〕科率：指官府在民間定額徵購物資。

〔二〕匱：古同『櫃』。

吏輩下鄉

鄉村小民，畏吏如虎。縱吏下鄉，猶縱虎出柙〔一〕也。弓手土軍，尤當禁戢〔二〕。

今之爲民害者，莫甚于遣人下鄉。比來官員多帶人從，既

無本業，又無請給，縱令于案分根，趁催科勾攝〔三〕文帖路家者下縣追鎖，吏人鄉都執事縣家者下鄉追擾，税户引帖到手，重若天符，勢如狼虎。所過鷄犬一空，酒家無算，動輒鎖索打逼錢物，乞取不滿，枝蔓鄉鄰，往往破産。犯者痛治，奈何不悛？府縣官僚，苟有愛民革弊之人，用心究治，庶得肅清。

選注：

〔一〕柙：關猛獸的木籠。

〔二〕戢：指收藏兵器。

〔三〕勾攝：指處理公事。

低價買物

物同則價同，豈有公私之異？今州縣凡官司敷買，視市直

每減十之二三，或不即還，甚至白著，民户何以堪此？

上司行移收買軍需諸物，須要照依時直，無致損民。今府州司縣官吏，不體所行，不問有無，一概科買〔一〕；甚至減損價直，又不晝時給價，動輒經年。及入主典之手，恣意破除，虚作領狀，雖爲和買，過于白奪，敗獲者豈勝追斷？又有官吏差人于鄉都，收買布匹、木棉、苧麻之類，妄作威福，損價害民。及傳言于大家税户，收糴〔二〕米穀，名爲給價，實作饋送，取之奸巧。民畏氣勢，不敢告言。此等之事，速宜改革，一朝敗露，何异受臟？

選注：

〔一〕科買：指徵購。

〔二〕糴：買進糧食。

戒石銘

五代時，蜀主孟昶頒令箴〔一〕于諸邑，其文曰：朕念赤子，旰食宵衣〔二〕。言之令長，撫養惠綏〔三〕。政存三异〔四〕，道在七絲〔五〕。驅鷄爲理，留犢爲規。寬猛得所，風俗可移。無令侵削，無使瘡痍。下民易虐，上天難欺。賦輿〔六〕是切，軍國所資。朕之賞罰，固不逾時。爾俸爾禄，民膏民脂。爲民父母，莫不仁慈。勉爾爲戒，體朕深思。凡二十四句。宋太宗删煩取簡，摘其『爾俸爾禄，民膏民脂。下民易虐，上天難欺』一十六字，頒行天下。至高宗紹興間，復以黄庭堅所書，命州縣長吏，刻銘座右，至今官府存焉。至元癸巳，浙西廉司移治錢塘，司官

大使容齋徐參政改書其銘曰：天有昭鑒，國有明法。爾畏爾謹，以中刑罰。

選注：

〔一〕箴：此處爲告誡之意。

〔二〕旰食宵衣：天色很晚才吃飯，天不亮就穿衣起來。形容勤于政事。旰（音幹），晚。南朝陳・徐陵《陳文帝哀策文》：『勤民聽政，旰食宵衣。』

〔三〕惠綏：安撫。

〔四〕政存三异：指處理政事應出現三種奇迹，即蝗蟲不入境，鳥獸知禮儀，兒童明仁厚。

〔五〕道在七絲：指治理政務如撥弦弄琴一樣。七絲，借指七弦琴。

〔六〕賦輿：泛指賦稅。

事上接下

待上司

見上司，須將各批來詞狀等項，一一理會過。或上司問及，便隨事回答。其事體有難處者，便委曲商量。若一概事體，都不經心，問事如夢，使平昔〔一〕上司，或不過計，然亦已念非老成，若遇操切者，賢否從此定矣。

上司待坐時，雖極謙抑，假之詞色，切不可因而豪放；即抵掌論事，傾懷論人，上司雖不言，已竊异其爲輕躁矣。又應對時，凡事體有不知，不可强辯，有差誤不可遮飾，上人自能見諒。若鑿空凑合，取便一時，久久爲人識破，不值一文。戒之！

上司吩咐事體，如聽不明，不妨再問，不可草草答應。待

出後問人，恐人以事不干己忽之，將復問乎？抑置其事不行乎？關係不小，慎之！

上司即係親友，切不可狎恩恃愛。大堂衆目所在，固當收斂；即在私衙，亦忌放恣。蓋末世人情，一自崇高，便欲以禮法繩人，多有生平莫逆，仕路芥蒂，構成大釁者，職此故也。

上司係同年親識，在衆中切不可挂之齒牙。人有托爲先容者，亦可從容謝去，切不可鹵莽應承。寧可極力爲彼游揚，不使知也。若揚揚自任，凡托則應之如響，不惟不能一一皆效，後來有爲上司不喜者，必以爲我實謗之。

上司雖有甚不協人心處，我輩若可進言，不妨委曲開導，切不可對人便數其短。此不惟上司知之，于我有損，恐衆人欲結上司之歡，且以吾言爲奇貨，此當第一戒也。

上司既與我親識，凡事要避嫌疑，非同衆人不私見，即有請，不可頻赴。若終日聚談，衆人畏我如虎，凡可中我處，無所不至矣。

選注：

〔一〕平恕：寬厚仁慈。

待同寅

人心不同，調停亦不易。有事體極練，又開心見誠，此上品也，處之甚易。又有才華極美，而凡事深邃，實無他腸，亦上品也，處之又易。又有才高而喜執己見，處之稍不易。又有才高而傲者，有無才而喜自用，且好傷害人物，處之俱不易。總宜三復斯言。

愚，惟後生新進，每向人數盡生平所長，大爲有識所笑。高明

喜，旁若無人，便是斗筲之器(三)。每見前輩胸中了了，容貌若

士夫識見要大，一善片長，不足以當太倉一粟。若沾沾自

甘心于我者或少矣。

非便自可畏。我輩善用其材，又善處滿，雖不能保人之不忌，

者能是非人，愚拙者亦能是非人。既相忌便自有是非，既有是

仕途真畏途。材品譽名，等者相忌，不及者亦相忌。智巧

至言也。

也，且啓釁招禍。語云：“禮者，人之藩籬，藩籬撤而盜賊乘之。”

自然收斂。若疏狂自放，每每以言語相謔，此示人可侮之色。

處同寮，彼此相敬，自愈久愈深。常見對客如處子，見者

短，士人所疑乎？

未必見信，一或言人之短，便深信不疑。我輩亦何故爲同寮所

必爲人所信任，亦不可草草忽略。邇來上司，各官言人之長，

之情，終隔而不通。須凡事虛心，久久自然契合。即附郭者未

接，在外州縣，以附郭者爲耳目喉舌，若結交不深，則上下

酬飲終日，彼且如坐針氈，且由此生嫌，費財猶其小者。

主人，致廢時失事。恐主人不好客，或好客而偶有心事，我輩

附郭(三)即是同年至親，我輩以公事去，亦不可太以宴飲累

之兼術，要之含忍委曲盡之矣。

之以赤心相與，忠信可行于蠻貊(二)也。若小人惡人，雖不可待

人各有好，如飲酒然，甘苦惟其所嗜。必欲以人之甘，從我之苦，以人之苦，從我之甘，即父母不能得之子，況同儕乎？久于涉世者，常以我從人，必不拂人以從我，不然，一步不可行也。

選注：

〔一〕蠻貊（音陌）：古時稱落後部族爲蠻貊。

〔二〕附郭：指屬縣。

〔三〕斗筲之器：喻氣量狹小、才識短淺之人。筲（音稍），古時用來盛糧食的竹器，容量很小。

待前官

前官行事，即有一二不當人心處，我輩當陷惡揚善。縱或狼狽，切不可自我發之。

前官老成練達，任事多年，民情土俗，經歷已久，處置悉當，我輩能守規矩，便可不勞而治。如有一二事，士夫衙門以爲未當，我輩且未可輕改。須是再三審處，果是不當，不妨改弦易轍。如便于小民，不便于士夫衙門，前官已甘心任怨，我輩忍借此爲名乎？

待佐貳〔一〕

我輩既欲盡革濫觴，須大家以名節自礪。凡佐貳饋遺，不但幣帛，即一菜不可受。若因其意之誠，求之懇也，量收數種，豈惟此後不遂所欲？退後有言，責人以清，而居己于清濁之間，似亦不恕。況若輩官卑俸薄，出此甚難，不惟授受，即酒席亦不可輕赴，每遇佳節，寧自辦一尊邀飲可也。

佐貳或有意外，如死葬等事，當盡心處置，不可付之不知。蓋我輩平時之嚴，爲公也，今日之厚，恤私也。若比之秦越，非所以令衆庶見也。

選注：

〔一〕佐貳：指輔佐主官的副官。

待博學

學博有孝廉，有歲薦，雖屬州縣提調，實則賓客，待之自有一定之禮。如其人志行不苟，又以興起斯文爲己任，此上品也，即禮文有不及處，可以情恕。蓋有志之士，俛〔一〕首一氈，其中抑鬱無聊之狀，未可言語形容，我輩可復責之苛禮乎？

選注：

〔一〕俛：通『俯』。

待士夫

士夫自有定禮。傲慢不可，亦不可過于卑遜；足恭不可，亦不可過于直遂。大都委曲謙恭，嚬〔一〕笑俱不苟者，謂之內不失己、外不失人。

士夫有據要津者，若有心傲慢，以博名高，不但賈禍〔二〕，抑亦非禮。然奔走門墻，聽其指使，或殺人媚人，循情納賄，丈夫能無愧乎？况時事轉盼不常，尤宜切忌。

士夫雖有大小，我輩精神，要一一貫洽。若一坐中，惟擇顯奕者奉承之，略不及于衆人，大無顏色，議論嫌隙，或從此始，慎之！

有司之在地方，全在節制士夫，使小民有所恃而無恐。若唯唯諾諾，惟士夫是聽，赤子其魚肉矣。然所以節制之者，衹在無偏無黨、端毅廉平。使一念至誠，爲士夫所信服，至寧爲刑罰所加，無爲陳君所短，此爲最上。其次則隨事斟酌，久久自然相諒，切不可先横一不畏强禦之心。一有此心，便以裁抑士夫爲公道，事事必不得其平，非所以服薦紳之心也。

士夫横行不顧，魚肉小民，官司略以三尺繩之。便誹謗訐害，理不可喻，法不可行，此最難處，然亦吾儕之疢疾〔三〕也。吾儕自守一不正，處事一不當，便示人以短，安得不制于人乎？若有趙清獻〔四〕之清操，包孝肅〔五〕之嚴毅，彼雖巧言如簧，讒言如毒，將安用之？又須處之有道，凡彼與人角是非曲直，一秉

至公，久之自然畏服。若因其素行之不端，欲借一事以示法，更不察其是非，彼且有詞于我。待小人者，不可不知。

士夫或被人牽告，止許家人代理，票中不得開士夫姓名。若係上司詞狀，開而不點。倘令士夫褻衣小帽，出入衙門，豈獨同鄉士夫，有狐兔之恨，即我輩亦當設身處地也。蓋士夫即有罪大惡極，問明後自有三尺在，又必于其中常存不得已之心，委曲處置，此仁人君子之心，忠厚長者之道也。

選注：

〔一〕嚬：同『顰』，皺眉。

〔二〕買禍：自招禍患。

〔三〕疢疾：指憂患。疢（音襯），病痛。

〔四〕趙清獻：指北宋名臣趙抃（音變），謚號『清獻』。其任殿中侍御史時，彈劾不避權貴，人稱之爲『鐵面御史』。

〔五〕包孝肅：即包拯，孝肅爲其謚號。

山人星相

山人星相之類，最善持人長短，稍有不如意，即含沙射人。士夫中有極不喜此輩者。或同年親友書至者，一概屏去，非情也，寧與之數金辭之去，但不轉薦，此輩自不來矣。

上司差人

上司各役有索賞者，勿以爲异，多寡在人，斟酌與之。若各役求多，可以理遣，一毫動念，便不雅觀。

附郭縣處上司衙門人最難。蓋衙門人多是本縣子民，然此麼麼者，憑依城社，略不以縣令爲意，即術石亦不能堪，但要處之有法。周鶴陽令海寧，有本道兩人頗無理，後因上司之交代也，責其人更易之，因密以語本道，此一法也。

上司差人但持片紙至，便當堂悻悻鎖拿吏書，甚非所以令衆庶見也。若以書生意氣行之，即得而食之不厭，但投鼠忌器，姑以理遣去不妨。萬一出言不遜，隱忍不較，所損多矣。怒而撻之，或有不測之禍，不可不思。

上司公差倨傲有司，求索財貨，此十人而十者。有司懼其譖毁，含忍奉承，似損正直之氣。以後但有如此者，不必加責，即申原差衙門，聽其分處。果上官偏聽生嫌，是自處于不肖，爲左右所驅使也，于有司何損？

上司及各州縣，或有差役提人關人，便將差人安置，另差人拘喚，勿令原差下鄉打擾。又有假牌白捕嚇詐平民者，爲害不小。須預先出示曉諭，如有不將印文先通本州縣，徑自下鄉騷擾百姓者，即係白捕詐冒，許地方人等扭送到官，以憑申請。

上司批發前件，不著人催，則州縣褒如充耳。若差役往催，彼不但害遍票內人家，且做訪官評，積年狀貌，每一差未有不以數十金或百金歸者。州縣視如虎狼，怨聲從此載道，不可不戒也。催之之法，不若即用各州縣本處循環快手二名，此去彼來，又一月一換，如急緊前件不至，即用此聽差快手催之。如此則以州縣催州縣，既無嚇詐之患，而每月一換，本役又不得作慣熟通家，法之善者也。

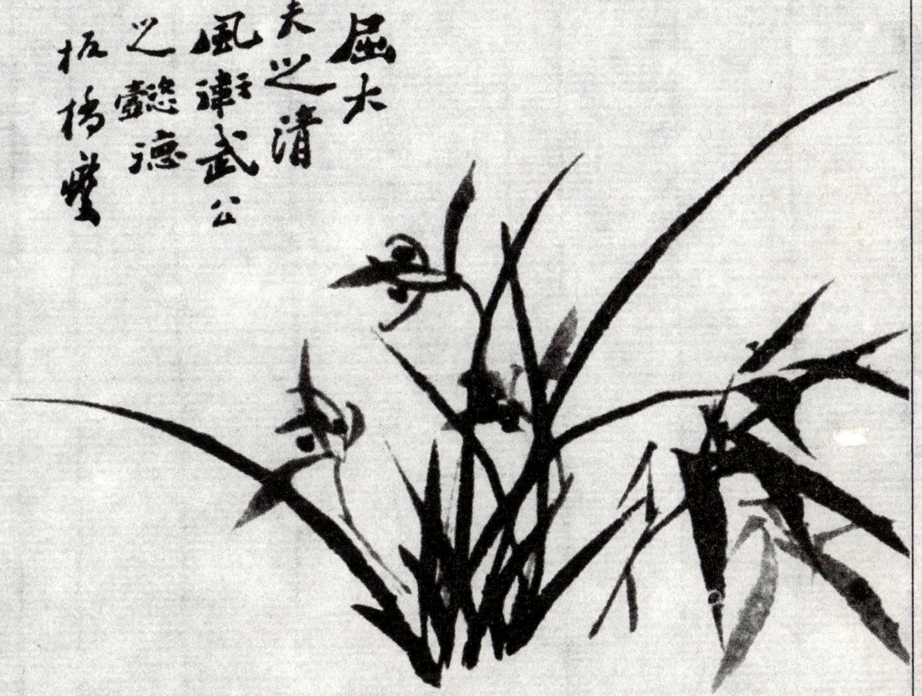

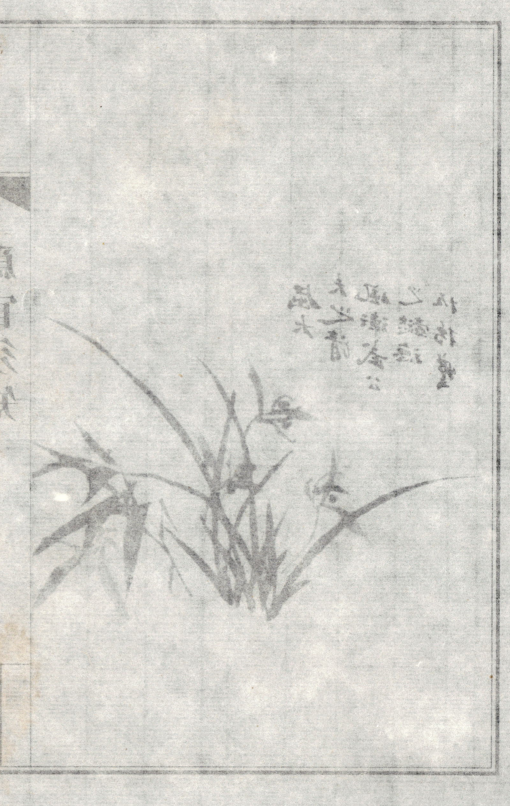

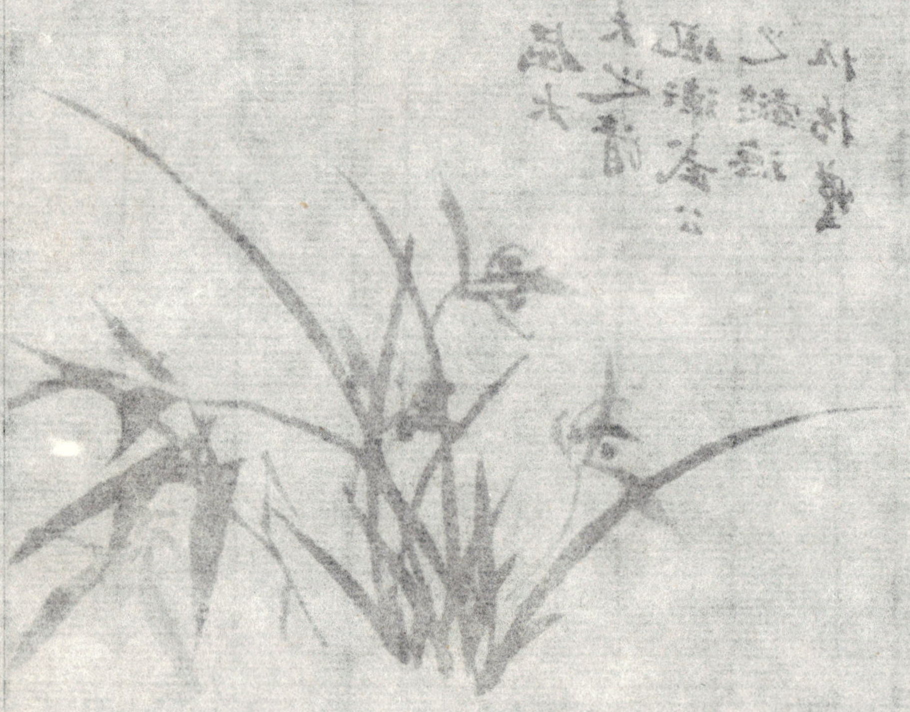

臣軌

序

（唐）武則天

蓋聞惟天著象，庶品[一]同于照臨；惟地含章，群生等于亭育[二]。朕以庸昧，忝位坤元。思齊厚載之仁，式罄普覃[三]之惠。乃中乃外，思養之志靡殊；惟子惟臣，慈誘之情無隔。常願甫殫微懇，上翊紫機[四]，爰須衆僚，聿匡[五]玄化[六]。伏以天皇，明逾則哲，志切旁求。簪裾總川岳之靈，珩珮聚星辰之秀。群英莅職，衆彦分司。足以廣扇淳風，長隆寶祚。但母之于子，慈愛特深。雖復已積忠良，猶且思垂勸勵。昔文伯既達，仍加喻軸之言；孟軻已賢，更益斷機之誨。良以情隆撫字，心欲助成。比者太子及王已撰修身之訓，群公列辟未敷忠告之規。近以暇辰，游心策府，聊因煒管，用寫虚襟。故綴叙所聞，以爲《臣軌》一部。想周朝之十亂，爰著十章；思殷室之兩臣，分爲兩卷。所以發揮言行，鎔範身心。爲事上之軌模，作臣下之繩準。

若乃遐想綿載，眇鑒前修，莫不元首居尊，股肱宣力。資棟梁而成大厦，憑舟楫而濟巨川。唱和相依，同功共體。然則君親既立，忠孝形焉。奉國奉家，率由之道寧二；事君事父，資敬之途斯一。臣主之義，其至矣乎！休戚是均，可不深鑒？夫麗容雖麗，猶待鏡以端形；明德雖明，終假言而榮行。今故以兹所撰，普錫具僚，誠非筆削之工，貴申裨導之益。何則？

正言斯重，以來任而尚輕，巽語爲多，若擧論而非實。是知贈人以財者，雖申即目之歡；贈人以言者，能致終身之福。若使偏該該戒，同彼韋弦，修己必顧其規，立行每觀其則，自然榮隨歲積，慶與時新，家與國而共安，下與上而俱泰。察微之士，所宜三思，庶照歸誠，敬致高德。凡諸章目，列于後云。

御撰

注釋：

〔一〕庶品：指萬彙。

〔二〕亭育：養育、培育。

〔三〕普覃：普遍而及。

〔四〕樞機：指朝廷中的機要部門。

〔五〕匡：幫助之意。

〔六〕以先：皇德教先。

卷上

同體章

夫人臣之于君也，猶四肢之載元首、耳目之爲心使也。相須而後成體，相得而後成用。故臣之事君，猶子之事父。父子雖至親，猶未若君臣之同體也。故《虞書》云：『臣作朕股肱耳目，余欲左右有人，汝翼；余欲宣力四方，汝爲。』故知臣以君爲心，君以臣爲體。心安則體安，君泰則臣泰。未有心瘁于中而體悦于外、君憂于上而臣樂于下。古人所謂『共其安危，同其休戚』者，豈不信歟！

夫欲構大厦者，必藉衆材。雖楹柱棟梁、栱櫨榱桷，長短方圓，所用各异，自非衆材同體，則不能成其構。爲國者亦猶是焉。雖人之才能，天性殊禀，或仁或智，或武或文，然非群臣同體，則不能興其業。故《周書》稱殷紂有億兆夷人，離心離德，此其所以亡也；周武有亂臣十人，同心同德，此其所以興也。

《尚書》曰：『明四目，達四聰。』謂舜求賢，使代己視聽于四方也。昔屠蒯亦云：『汝爲君目，將司明也。汝爲君耳，將司聰也。』軒轅氏有四臣，以察四方，故《尸子》云『黄帝四目』。是知君位尊高，九重奥絶，萬方之事，不可獨臨，故置群官，以備爪牙耳目，各盡其能，則天下自化。故冕旒垂拱，無爲于上者，人君之任也；憂國恤人，竭力于下者，人臣之職也。

《漢名臣奏》曰：『夫體有痛者，手不能無存；心有懼者，

口不能勿言。忠臣之獻直于君者，非願觸鱗犯上也，良由與君同體，憂患者深，志欲君之安也。』

陸景《典語》曰：『國之所以有臣，臣之所以事上，非但欲備員而已。天下至廣，庶事至繁，非一人之身所能周也。故分官列職，各守其位，處其任者，必荷其憂。臣之與主，同體合用。主之任臣，既如身之信手；臣之事主，亦如手之繫身。上下協心，以理國事。不俟命而自勤，不求容而自親，則君臣之道著也。』

至忠章

蓋聞古之忠臣，事其君也，盡心焉，盡力焉。稱材居位，稱能受禄。不面譽以求親，不愉悅以苟合。公家之利，知無不爲。

上足以尊主安國，下足以豐財阜人。內匡君之過，外揚君之美。不以邪損正，不爲私害公。見善行之如不及，見賢舉之如不逮。竭力盡勞而不望其報，程功積事而不求其賞。務有益于國，務有濟于人。夫事君者以忠正爲基，忠正者以慈惠爲本。故爲臣不能慈惠于百姓，而曰忠正于其君者，斯非至忠也。所以大臣必懷養人之德，而有恤下之心。利不可并，忠不可兼。不去小利，則大利不得；不去小忠，則大忠不至。故小利，大利之殘也；小忠，大忠之賊也。

昔孔子曰：爲人下者，其猶土乎！種之則五穀生焉，掘之則甘泉出焉。草木殖焉，禽獸育焉。多其功而不言。此忠臣之道也。

《尚書》曰：『成王謂君陳曰：「爾有嘉謀嘉猷〔一〕，則入告爾後于內，爾乃順之于外。」曰：「斯謀斯猷，惟我後之德。」臣人咸若，時惟良顯哉。』

《禮記》曰：『善則稱君，過則稱己，則人作忠。』『善則稱親，過則稱己，則人作孝。』

《昌言》曰：人之事親也，不去乎父母之側，不倦乎勞辱之事。見父母體之不安，則不能寢；見父母食之不飽，則不能食。見父母之有善，則欣喜而戴之；見父母之有過，則泣涕而諫之。孜孜爲此，以事其親，焉有爲人父母而憎之者也？人之事君也，使無難易，無所憚也，事無勞逸，無所避也。其見委任也，則不恃恩寵而加敬；其見遺忘也，則不敢怨恨而加勤。

險易不革其心，安危不變其志。見君之一善，則竭力以顯譽，惟恐四海之不聞；見君之微過，則盡心而潛諫，惟慮一德之有失。孜孜爲此，以事其君，焉有爲人君主而憎之者也？故事親而不爲親所知，是孝未至也；事君而不爲君所知，是忠未至也。古語云：『欲求忠臣，出于孝子之門。』非夫純孝者，則不能立大忠。夫純孝者，則能以大義修身，知立行之本。欲尊其親，必先尊于君；欲安其家，必先安于國。故古之忠臣，先其君而後其親，先其國而後其家。何則？君者，親之本也，親非君而不存；國者，家之基也，家非國而不立。

昔楚恭王召令尹而謂之曰：『常侍管蘇，與我處，常勸我以道，正我以義。吾與處不安也，不見不思也。雖然，吾有得

不足。所謂道者，小取焉則小得福，大取焉則大得福。道者，所以正其身而清其心者也。故道在身則言自順，行自正，事君自忠，事父自孝。

《淮南子》曰：大道之行，猶日月，江南河北不能易其所，馳騖千里不能移其處。其趨捨禮俗，無所不通。是以容成得之而爲軒輔，傅説得之而爲殷相。故欲致魚者先通水，欲致鳥者先樹木，欲立忠者先知道。又曰：古之立德者，樂道而忘賤，故名不動心；樂道而忘貧，故利不動志。職繁而身逾逸，官大而事逾少。静而無欲，淡而能閑。以此修身，乃可謂知道矣。不知道者，釋其所以有，求其所未得。神勞于謀，知煩于事。福至則喜，禍至則憂。禍福萌生，終身不悟，此由于不知道也。

《説苑》曰：山致其高而雲雨起焉，水致其深而蛟龍生焉，君子致其道而福禄歸矣。萬物得其本則生焉，百事得其道則成焉。

選注：

〔一〕巢、許：指巢父與許由。二人皆爲上古傳説中的隱逸之士，志向高潔。

〔二〕伊、望：指伊尹與姜子牙。二人均爲杰出的軍事家。

公正章

天無私覆，地無私載，日月無私燭，四時無私爲。忍所私而行大義，可謂公矣。智而用私，不若愚而用公。人臣之公者，理官事則不營私家，在公門則不言貨利，當公法則不阿親

戚，奉公舉賢則不避仇讎。忠于事君，仁于利下。推之以恕道，行之以不黨，伊、吕是也。故顯名存于今，是之謂公也。理人之道萬端，所以行之在一。一者何？公而已矣。唯公心可以奉國，唯公心可以理家。公道行，則神明不勞而邪自息；私道行，則刑罰繁而邪不禁。故公之爲道也，言甚少而用甚博。夫心者，神明之主，萬理之統也。動不失正，天地可感，而况于人乎？故古之君子，先正其心。夫不正于昧金而照于瑩鏡者，以瑩能明也；不鑒于流波而鑒于静水者，以静能清也。鏡、水以明清之性，故能形物之形，見其善惡。而物無怨者，以鏡、水至公而無私也。鏡水至公，猶不免于怨，而况于人乎？

孔子曰：『苟正其身，于從政乎何有？不能正其身，如正人何？』又曰：『其身正，不令而行；其身不正，雖令不從。』

《説苑》曰：人臣之行，有六正六邪，行六正則榮，犯六邪則辱。夫榮辱者，禍福之門也。何謂六正六邪？六正：一曰萌芽未動，形兆未見，照然獨見存亡之機、得失之要，預禁乎未然之前，使主超然立乎顯榮之處，天下稱孝焉。如此者，聖臣也。二曰虚心白意，進善通道，勉主以禮義，諭主以長策，將順其美，匡救其惡。功成事立，歸善于君，不敢獨伐其勞。如此者，大臣也。三曰卑身賤體，夙興夜寐，進賢不懈，數稱于往古行事，以勵主意，庶幾有益，以安國家。如此者，忠臣也。四曰察見成敗，早防而救之，引而復之，塞其間，絶其源，轉禍以爲福，令君終以無憂。如此者，智臣也。五曰守文奉法，任官職

事，辭禄讓賜，不受贈遺，衣服端齊，食飲節素。如此者，貞臣也。六曰國家昏亂，所爲不諛，然而敢犯主之嚴顔，面言主之過失，不辭其誅，身死安國，不悔所行。如此者，直臣也。是謂六正也。六邪：一曰安官貪禄，營于私家，不務公事，懷其智，藏其能，主飢于論渴于策，猶不肯盡節，容容乎與代沉浮，上下左右觀望。如此者，具臣〔一〕也。二曰主所言皆曰善，主所爲皆曰可，隱而求主之所好而進之，以快主之耳目，偷合苟容，與主爲樂，不顧其後害。如此者，諛臣也。三曰中實詖險〔二〕，外貌小謹，巧言令色，又心疾賢，所欲進則明其美而隱其惡，所欲退則明其過而匿其美，使主妄行過任，賞罰不當，號令不行。如此者，奸臣也。四曰智足以飾非，辯足以行説，反言易辭而成

文章，内離骨肉之親，外妒亂朝廷。如是者，讒臣也。五曰專權擅威，持操國事，以爲輕重，于私門成黨，以富其家，又復增加威權，擅矯主命，以自貴顯。如此者，賊臣也。六曰諂主以邪，墜主不義，朋黨比周，以蔽主明。入則辯言好辭，出則更復异其言語，使白黑無別，是非無間。候伺可不推因而附然，使主惡布于境内，聞于四鄰。如此者，亡國之臣也。是謂六邪。賢臣處六正之道，不得六邪之術，故上安而下理，生則見樂，死則見思，此人臣之術也。

選注：

〔一〕具臣：指備位充數之臣。

〔二〕詖險：陰險邪僻。

匡諫章

夫諫者，所以匡君于正也。《易》曰：「王臣謇謇[一]，匪躬之故。」人臣之所以謇謇爲難，而諫其君者，非爲身也，將欲以除君之過，矯君之失也。君有過失而不諫者，忠臣不忍爲也。

《春秋傳》曰：齊景公坐于遄臺[二]，梁丘據[三]馳而造焉。公曰：「唯據與我和夫！」晏子曰：「據亦同也，焉得爲和？」公曰：「和與同异乎？」對曰：「异。和如羹焉，水、火、醯、醢[四]、鹽、梅，以享魚肉，宰夫和之，齊之以味，濟其不及。君臣亦然。君所謂可而有否焉，臣獻其否以成其可；君所謂否而有可焉，臣獻其可以去其否。是以政平而人無争心。故《詩》曰：『亦有和羹，既戒既平。』今據不然。君所謂可，據亦曰可；君所謂否，據亦曰否。若以水濟水，誰能食之？同之不可也如是。」

《家語》曰：哀公問于孔子曰：「子從父命，孝乎？臣從君命，忠乎？」孔子不對。又問三，皆不對。趨而出，告于子貢曰：「公問如此，爾以爲何如？」子貢曰：「子從父命，孝矣；臣從君命，忠矣。夫子奚疑焉？」孔子曰：「鄙哉！爾不知也。昔萬乘之主，有諍[五]臣七人，則主無過舉；千乘之國，有諍臣五人，則社稷不危；百乘之家，有諍臣三人，則禄位不替。父有諍子，不陷無禮；士有諍友，不行不義。子從父命，奚詎爲孝？臣從君命，奚詎爲忠？」

《新序》曰：主暴不諫，非忠臣也；畏死不言，非勇士也。見過則諫，不用即死，忠之至也。晉平公問叔向[六]曰：「國家之患，孰為大？」對曰：「大臣重祿而不極諫，近臣畏罪而不敢言，下情不得上通。此患之大者也。」公曰：「善。」乃令曰：「臣有欲進善言，而謁者不通，罪至死。」

《說苑》曰：「從命利君謂之順，從命病君謂之諛。逆命利君謂之忠，逆命病君謂之亂。君有過失而不諫諍，將危國家，殞社稷也。有能盡言于君，用則留，不用則去，謂之諫；用則可，不用則死，謂之諍；有能率群下以諫君，君不能不聽，遂解國之大患，除國之大害，竟能尊主安國者，謂之輔；有能抗君之命，反君之事，以安國之危，除主之辱，而成國之大利者，謂之弼。故諫諍輔弼者，所謂社稷之臣，明君之所貴也。」又曰：「夫登高棟、臨危檣而目不眴(七)，心不懼者，此工匠之勇也；入

深泉，刺蛟龍，抱黿鼉而出者，此漁父之勇也；入深山，刺猛獸，抱熊羆而出者，此獵夫之勇也；臨戰先登，暴骨流血而不辭者，此武士之勇也；居于廣廷，作色端辯，以犯君之嚴顏，前雖有乘軒之賞，未為之動，後雖有斧鑕之誅，未為之懼者，此忠臣之勇也。君子于此五者，以忠臣之勇為貴也。」

《代要論》(八)曰：「夫諫諍者，所以納君于道，矯枉正非，救上之謬也。上苟有謬而無救焉，則害于事；害于事則危。故《論語》曰：『危而不持，顛而不扶，則將焉用彼相矣？』然則扶危之道，莫過于諫。是以國之將興，貴在諫臣；家之將興，貴在諫子。若君父有非，臣子不諫，欲求國泰家榮，不可得也。」

選注：

〔一〕謇謇：忠貞之意。

〔二〕遄（音船）臺：位于今山東臨淄。傳説晏子與齊景公嘗于此辯『和』『同』之异。

〔三〕梁丘據：齊國大夫，很受齊景公信任。

〔四〕醯、醢：醯（音希），醋。醢（音海），魚肉等製成的醬。

〔五〕諍：指直言規勸。

〔六〕叔向：春秋後期晉國賢臣，出色的政治家、外交家，以正直與才識著稱于世。

〔七〕眴：通『眩』。眼睛眩暈。

〔八〕《代要論》：疑應爲《世要論》。

卷下

誠信章

凡人之情，莫不愛于誠信。誠信者，即其心易知。故孔子曰：『爲上易事，爲下易知。』非誠信無以取愛于其君，非誠信無以取親于百姓。故上下通誠者，則暗相信而不疑；其誠不通者，則近懷疑而不信。孔子曰：『人而無信，不知其可。大車無輗〔一〕，小車無軏〔二〕，其何以行之哉？』

《呂氏春秋》曰：信之爲功大矣。天行不信，則不能成歲；地行不信，則草木不大。春之德風，風不信則其花不成；夏之德暑，暑不信則其物不長；秋之德雨，雨不信則其穀不堅；冬之德寒，寒不信則其地不剛。夫以天地之大，四時之

化，猶不能以不信成物，況于人乎？故君臣不信，則國政不安；父子不信，則家道不睦；兄弟不信，則其情不親；朋友不信，則其交易絶。夫可與爲始、可與爲終者，其唯信乎！信而又信，重襲于身，則可以暢于神明，通于天地矣。

昔魯哀公問于孔子曰：『請問取人之道。』孔子對曰：『弓調而後求勁焉，馬服而後求良焉，士必慤[三]信而後求智焉。若士不慤信而有智能，譬之豺狼，不可近也。』昔子貢問政，子曰：『足食、足兵、人信之矣。』子貢曰：『必不得已而去，于斯三者何先？』曰：『去兵。』子貢曰：『必不得已而去，于斯二者何先？』曰：『去食。自古皆有死，人無信不立。』

《體論》曰：君子修身，莫善于誠信。夫誠信者，君子所以事君上、懷下人也。天不言而人推高焉，地不言而人推厚焉，四時不言而人與期焉，此誠信爲本者也。故誠信者，天地之所守，而君子之所貴也。

《傅子》曰：言出于口，結于心，守以不移，以立其身，此君子之信也。故爲臣不信，不足以奉君；爲子不信，不足以事父。故臣以信忠其君，則君臣之道愈睦；子以信孝其父，則父子之情益隆。夫仁者不妄爲，知者不妄動。擇是而爲之，計義而行之。故事立而功足恃也，身没而名足稱也。雖有仁智，必以誠信爲本。故以誠信爲本者，謂之君子；以詐僞爲本者，謂之小人。君子雖殞，善名不滅；小人雖貴，惡名不除。

選注：

〔一〕輗（音尼）：大車轅端與衡相接處的關鍵。

〔二〕軏（音悅）：置于車轅前端與車橫木銜接處的銷釘。

〔三〕慤（音確）：誠實。

慎密章

夫修身正行，不可以不慎；謀慮機權，不可以不密。憂患生于所忽，禍害興于細微。人臣不慎密者，多有終身之悔。故言易泄者，召禍之媒也；事不慎者，取敗之道也。明者視于無形，聰者聽于無聲，謀者謀于未兆，慎者慎于未成。不困在于早慮，不窮在于早豫。非所言勿言，以避其患；非所爲勿爲，以避其危。孔子曰：『終日言，不遺己之憂；終日行，不遺己之患。』唯智者能之。故恐懼戰兢，所以除患也；恭敬靜密，所以遠難也。終身爲善，一言敗之，可不慎乎！

夫口者，關也；舌者，機也。出言不當，駟馬不能追也。口者，關也；舌者，兵也。出言不當，反自傷也。言出于己，不可止于人；行發于邇，不可止于遠。夫言行者，君子之樞機。樞機之發，榮辱之主。

夫君子戒慎乎其所不睹，恐懼乎其所不聞，莫見乎隱，莫顯乎微，是故君子慎其獨。在獨猶慎，況于事君乎？況于處衆乎？

昔關尹〔一〕謂列子曰：『言美則響美，言惡則響惡。身長則影長，身短則影短。言者所以召響也，身者所以致影也。是故慎而言，將有和之；慎而身，將有隨之。』

昔賢臣之事君也，入則造膝而言，出則詭詞而對。其進人也，唯畏人之知，不欲恩從己出；其圖事也，必推明于君，不欲謀自己造。畏權而惡寵，晦智而韜名。不覺事之在身，不覺榮之在己。人閉其口，我閉其心；人密其外，我密其裏。不慎而慎，不恭而恭，斯大慎之人也。故大慎者，心知不欲口知；其次慎者，口知不欲人知。故大慎者閉心，次慎者閉口，下慎者閉門。

昔孔光〔二〕稟性周密，凡典樞機十有餘年，時有所言，輒削草稿。沐日歸休，兄弟妻子燕語，終不及朝省政事。或問光：『温室省中樹，皆何木也？』光默而不應，更答以他語。若孔光者，可謂至慎矣，故能終身無過，享其榮禄。

選注：

〔一〕關尹：即尹喜，周朝大夫，精通曆法，會占星之術。

〔二〕孔光：西漢大臣，孔子十四代孫。其爲官嚴守秘密，堅持原則。

廉潔章

清静無爲，則天與之時；恭廉守節，則地與之財。君子雖富貴，不以養傷身；雖貧賤，不以利毁廉。知爲吏者，奉法以利人；不知爲吏者，枉法以侵人。理官莫如平，臨財莫如廉。廉平之德，吏之寶也。非其路而行之，雖勞不至；非其有而求之，雖强不得。知者不爲非其事，廉者不求非其有，是以遠害而名彰也。故君子行廉以全其真，守清以保其身。富財不如義多，高位不如德尊。

季文子〔一〕相魯，妾不衣帛，馬不食粟。仲孫它〔二〕諫曰：『子爲魯上卿，妾不衣帛，馬不食粟，人其以子爲吝，且不顯國也。』文子曰：『然吾觀國人之父母，衣粗食蔬，吾是以不敢。且吾聞君子以德顯國，不聞以妾與馬者。夫德者，得之于我，又得之于彼，故可行也。若獨貪于奢侈，好于文章，是不德也。何以相國？』仲孫慚而退。

韓宣子〔三〕憂貧，叔向〔四〕賀之。宣子問其故，對曰：『昔欒武子〔五〕貴而能貧，故能垂德于後。今吾子之貧，是武子之德，能守廉静者，致福之道也。吾所以賀。』宣子再拜，受其言。

宋人或得玉，獻諸司城子罕〔六〕。子罕不受。獻玉者曰：『以示玉人，玉人以爲寶，故敢獻之。』子罕曰：『我以不貪爲寶，爾以玉爲寶，若以與我，皆喪寶也，不若人有其寶。』

公儀休〔七〕爲魯相，使食公禄者不得與下人争利，受大者不得取小。客有遺相魚者，相不受。客曰：『聞君嗜魚，故遺君魚，何故不受？』公儀休曰：『以嗜魚，故不受也。今爲相，能自給魚。今受魚而免相，誰復給我魚者？吾故不受也。』

選注：

〔一〕季文子：春秋時魯國正卿，曾輔佐魯國三代君主。爲人謹小慎微，厲行節儉。

〔二〕仲孫它：即子服它，魯大臣孟獻之之子。

〔三〕韓宣子：即韓起，政治家，春秋後期晋國卿大夫。

〔四〕叔向：見《臣軌·匡諫章》注〔五〕。

法》。

〔三〕魏武侯：戰國初期魏國國君，爲當時中原霸主。

〔四〕芻豢：泛指牛羊等家畜。

〔五〕糗糒（音倍）：乾糧。

〔六〕飫（音玉）：飽食。

〔七〕趙孝成王：東周戰國時期趙國君主。

〔八〕趙括：趙國名將馬服君趙奢之子。

〔九〕隨坐：指連帶受罰。

利人章

夫黔首蒼生，天之所甚愛也。爲其不能自理，故立君以理之；爲君不能獨化，故爲臣以佐之。夫臣者，受君之重位，牧天之甚愛，焉可不安而利之，養而濟之哉？是以君子任職則思利人，事主則思安俗。故居上而下不重，處前而後不怨。

夫衣食者，人之本也。人者，國之本。人恃衣食，猶魚之待水；國之恃人，如人之倚足。魚無水則不可以生，人無足則不可以步。故夏禹稱：『人無食，則我不能使也。功成而不利于人，則我不能勸也。』是以爲臣之忠者，先利于人。

《管子》曰：佐國之道，必先富人，人富則易化。是以七十九代之君，法制不一，然俱王天下者，必國富而粟多。粟生于農，故先王貴之。勸農之急，必先禁末作〔一〕。末作禁，則人無游食，人無游食，則務農，務農則田墾，田墾則粟多，粟多則人富。是以古之禁末作者，所以利農事也。至如綺綉纂組，雕則麴〔二〕糵鹽梅〔三〕未可以方其益。諒直之操由此而興，節義之干霄漢。其同體也，則股肱耳目不足以匹其同；其益政也，羽翼。故至神攸契，則星象降于穹蒼；妙感潛通，則風雲彰羽翼。

論曰：夫君臣之道，上下相資，喻涉水之舟航，比翔空之國自安焉。

之本，必在于農。忠臣之思利人者，務在勸導。家給人足，則年，遇旱七載，野無青草，而人無飢色者，誠有此備也。故建國蓄，九年耕而餘三年之蓄，三十年耕而餘十年之蓄。故堯水九《賈子》曰：上古之代，務在勸農，故三年耕而餘一年之也。

助君而恤人者，至忠之遠謀也；損下而益上者，人臣之淺慮

匱，國之匱也。是以《論語》云：「百姓不足，君孰與足？」故母貧。故人足者，非獨人之足，國之足也；人匱者，非獨人之夫人之于君，猶子于父母，未有子貧而父母富，子富而父人財，不奪人時，以足人用。

爲國者不勞其人。臣之與主，共養黎元，必當省徭輕賦，以廣夫足寒傷心，人勞傷國，自然之理也。養心者不寒其足，君除害興利。所謂除害者，末作也；所謂興利者，農功也。而九，不逢水旱，儲蓄皆虛，良爲此也。故善爲臣者，必先爲作者，雖利速而後貧。但常人之情，罕能遠計，棄本逐末，十室目。知此之類，爲害實深。故好農功者，雖利遲而後富；好末文刻鏤，或破金爲碎，或以易就難，皆非久固之資，徒豔凡庸之

風因斯以著。是知家與國而不异，君與親而一歸。顯己揚名，惟忠惟孝。

每以宮闈暇景，博覽瓊編，觀往哲之弼諧〔四〕，睹前言之龜鏡〔五〕，未嘗不臨文嗟尚，撫卷循環。庶令匡翊之賢，更越夔、龍〔六〕之美，爰申翰墨，載列縑緗。何則？榮辱無門，惟人所召。若使心歸大道，情切至忠，務守公平，貴敦誠信，抱廉潔而爲行，懷慎密以修身，奉上崇匡諫之規，恤下思利人之術，自然名實兼茂，禄位俱延，榮不召而自來，辱不遣而斯去。然則忠正者致福之本，戒慎者集慶之源，若影隨形，猶聲逐響。凡百群彦，可不勖歟！

垂拱元年撰

選注：

〔一〕末作：指工商業。

〔二〕麯：指酒麯。

〔三〕鹽梅：即鹽與梅。鹽味鹹，梅味酸，皆爲調味所需。此處比喻國家所需賢才。《尚書·説命下》：『若作和羹，爾惟鹽梅。』

〔四〕弼諧：輔佐協調。

〔五〕龜鏡：龜能卜吉凶，鏡可分美醜，以此比喻可爲人學習的榜樣或引以爲戒的教訓。

〔六〕夔、龍：傳説中爲舜之二臣。夔爲樂官，龍爲諫官。《尚書·舜典》：『佰拜稽首，讓于夔、龍。』